AF314440

(par l'abbé J.-J. Pellegrin)
France-littéraire

Yf 7499

LETTRE

DE

Mlle DE C***

A

MADAME DE N***

SUR LA COMEDIE

du Nouveau Monde.

A PARIS

Chez Jean-Baptiste-Claude Bauc[...],
des Augustins, à S. Jean dans le Desert,
ET
Chez Jean Pepingue', Quay des Augustins,
au Saint-Esprit.

M. DCC. XXII.

Avec Approbation & Permission.

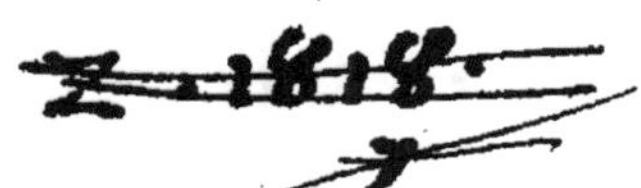

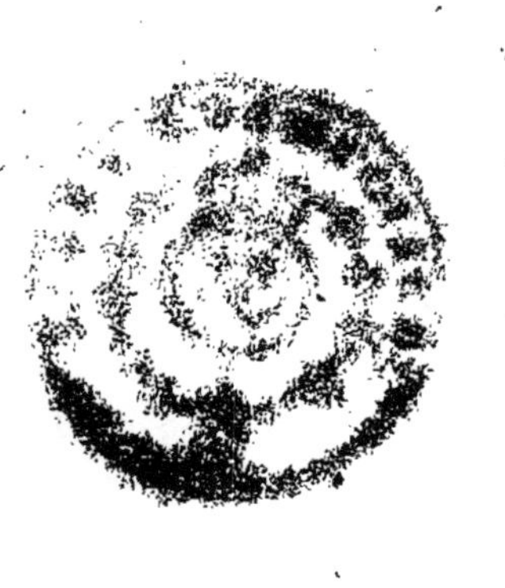

LETTRE

DE

Mlle DE C***

A

MADAME DE N***

SUR LA COMEDIE
du Nouveau Monde.

MADAME,

Vous demandez les choses
de si bonne grace, qu'on ne

sçauroit vous rien refuser : Ce-
pendant, comme je suis d'un sexe,
dont tout l'esprit doit se borner à
sçavoir *coudre* & *filer* ; quelque
pressante que vous soyez, je ne
hazarderois pas de satisfaire vôtre curiosité *sur le Nouveau Mon-*
de, si je ne connoissois vôtre dis-
cretion, & si je ne présumois pas
assez de votre bonté, pour croire
que vous voudrez bien ne point
exposer ma réputation, en fai-
sant part à quelqu'un de ces differentes Reflexions que je ne fais
que pour vous, & que vous seul,
je vous assûre, avez le credit de
me faire écrire.

Le Public ne sçait pas encore
au juste à qui il est redevable de
la nouvelle Piece : chacun débite là-dessus ses conjectures bon-
nes ou mauvaises. Je vais vous
débiter les miennes, que vous
prendrez comme il vous plaira.
Je me suis persuadée dès la pre-

miere Representation , que c'é-
toit un nouveau Chef-d'œuvre
du mysterieux Auteur de *Momus
Fabuliste*. Si je devine juste, son
mystere l'a fort mal servi pour
cette fois, puisqu'il a beaucoup
contribué à me le faire soupçon-
ner. Le goût de la Piece, son des-
sein, sa conduite, de certains termes, des phrases particulieres à
l'Auteur : tout cela a tant de rap-
port avec *Momus Fabuliste* , que
j'assurerois presque que je n'ai
pas trop mal rencontré. Vous n'ê-
tes pas à sçavoir, Madame, que la
plûpart de ceux qui se mêlent
d'écrire depuis un tems , entiere-
ment occupez à ne mettre dans
leurs Ouvrages que du *viant* , du
neuf , & *du beau* , se travaillent
pour imaginer des façons de parler précieuses & Académiques,
qu'ils adoptent, & dont personne
qu'eux ne se croit en droit de se
servir. Ils en sément, ils en far-

ciſſent, pour ainſi dire, leurs Ecrits, & cela ſert comme de coin pour faire reconnoître la Manufacture où ils ont été forgez. Il eſt inutile de vous détailler ici ces differentes marques qui diſtinguent nos beaux Eſprits ; comme il ne s'agit pour le preſent que de l'Auteur de la nouvelle Piece, je me contenteray de vous faire voir celles qui m'ont fait établir mes conjectures. L'Amour dit, dans un endroit *du Nouveau Monde*, parlant des cœurs.

Moy je les *émancipe* auſſi-tôt qu'ils ſont nez.

Momus Fabuliſte a dit il y a quelques années :

Que le Fils de Venus n'eſt jamais
   en tutelle ;
Et que les cœurs que ſes traits ont
   frappez,
Sont tout d'abord émancippez.

Dans les Chansons qui terminent la Piece nouvelle, il y en a une qui commence par ces mots: *Rians & sublimes.*

Il faut aimer à l'*Unisson.*

Dans la Fable du *Rossignol,* *Momus* avoit dit *que le Rossignol prétendoit apprendre aux Fauvettes en moins d'une leçon,*

A soupirer à l'*Unisson.*

Ces deux termes suffiront, s'il vous plaît; les autres m'ont échapé; vous les reconnoîtrez facilement, si l'Auteur est assez téméraire pour courir les risques de l'impression.

Ne vous avisez pas de me demander, Madame, quelle sorte d'Ouvrage est le *Nouveau Monde.* Cette question, je vous assure, seroit fort embarrassante pour moy: il me seroit impossible de m'en tirer; & tout ce que je

pourrois vous répondre là-dessus, c'est que cette Piece est tout
ce qu'il vous plaira ; exceptez
une Tragedie & une Comedie.
C'est un Prologue froid & lan-
guissant, suivi de trois Actes en-
nuyeux, sans sentimens, sans ca-
racteres & sans pensées : *Chacun
de ces Actes en sa place est une
Piece entiere.* Ils sont coupez par
des Intermedes mêlez de Danses & de Chansons, usées & sans
délicatesse. C'est un assemblage
grotesque de Scenes, sans liaison
entre elles, où rien n'interesse,
& où les personnages paroissent
au hazard. En un mot, c'est un
monstre Theatral, tout-à-fait
ressemblant à *Momus Fabuliste*,
& jetté dans le même moule, se-
lon toutes les apparences. Il y a
des gens qui disent que le desir
de se donner pour Ecrivain Original, a porté l'Auteur à donner l'un après l'autre ces deux

modéles , ou plûtôt ces deux ef-
fais , qui font clairement voir ce
que l'efprit hûmain pourroit produire, s'il vouloit s'affranchir, &
fecoüer le joug des Regles tyran-
niques , que le bon fens & la raifon ont établies. Il n'y a guére
d'apparence que fon deffein lui
réüffiffe. La route qu'il a décou-
verte ne fera, à coup fûr , prati-
quée que par lui, & par quelques
autres ennemis des véritables
beautez.

Vous n'avez pas bien conçû,
permettez-moi de vous le dire ,
Madame, ce que c'eft que *le Nouveau Monde* : il n'eft point du
tout queftion ici d'Antipodes, &
la Scene n'eft point en Ameri-
que , c'eft un tour d'efprit de
l'Auteur, de vous avoir fait pren-
dre le change, à vous, & à tant
d'autres perfonnes de bon goût.
C'eft un homme tout myftere ,
depuis la tête jufqu'aux pieds ,

curieux, amateur du *neuf*, comme
je vous l'ai déja dit : il veut que
jusqu'aux titres de ses Ouvrages
soient singuliers, & qu'ils signi-
fient toute autre chose que ce
qu'ils semblent annoncer. Je crois
que quand l'Auteur eût imaginé
ce titre, charmé d'une si heureuse rencontre, il n'aura pû s'em-
pêcher de se dire à lui-même :

Peste ! où prend mon esprit tou-
tes ces gentillesses !

Le *Nouveau Monde*, dont il
s'agit aujourd'huy, est un monde
nouvellement éclos ; une bisarre
production que Jupiter fait pour
complaire à Astrée. Le lieu de
l'action est une Isle environnée
de vastes espaces de mer, & que
d'affreux rochers rendent inac-
cessibles de toutes parts. Voilà en
deux mots tout le sistême de
l'Auteur : mais comme vous ne
seriez pas contente d'un plan si

peu étendu , & que cela seroit
peut-être capable de vous faire
imaginer dans la Piece des beautez qui n'y sont point je suis prê-
te de vous le détailler plus au
long, & je vais commencer par
le Prologue. Astrée l'ouvre pour
se plaindre des vices des hommes
& de leur ingratitude à son é-
gard : elle témoigne le plaisir
qu'elle auroit de retourner parmi eux , quelques indignes qu'ils
se soient rendus de ses bienfaits :
elle instruit assez mal le Theatre,
que Jupiter l'a flâtée de la renvoyer sur la terre, & qu'il est au
Conseil avec les autres Dieux,
pour aviser des moyens de l'y
renvoyer avec toute sorte de sû-
retez. Mercure paroît, & Astrée
lui demande le résultat de l'As-
semblée des Dieux. Mercure
commence là à faire des *Lazzi*
d'Arlequin , dont il est un tres-
mauvais Copiste pendant toute la

Piece ; & après une déclamation froide & pleine de galimathias, qui n'est qu'une redite des reproches que fait Mars à Appollon dans *Momus Fabuliste*, il apprend à la Déesse *en bâtons rompus*, que Jupiter va créer un *Nouveau Monde*, sur qui elle doit regner. Jupiter vient lui même confirmer à Astrée ce qu'a dit Mercure ; il lui promet de plus que les hommes qu'il va former, seront paîtris *d'un autre limon que ceux que fit jadis Promeßée*, & qu'il va les faire naître dans une Isle inconnuë & inaccessible au reste des mortels. Mercure dit ici plusieurs quolibets, tout plus fades les uns que les autres. Le Maître des Dieux, qui fait ici un personnage ridicule au dernier point, déclare à Mercure que c'est lui que regarde le soin de polir ces nouveaux hommes, & que c'est lui qu'il a choisi pour aller pré-

parer

parer les voyes à Aftrée. Mercure s'en défend fort fottement,
& enfin Jupiter lui ordonne de
fe difpofer à defcendre fur la
terre pour remplir fon pofte de
Précepteur ; & il lui donne à lui-
même la raifon pour *Précepteur*.
Je m'étonne qu'un Dieu auffi pré-
voyant que Jupiter, n'ait pas
auffi donné à la raifon quelque
autre Divinité pour la regenter ;
elle eft fi *déraifonnable*, & elle
fait parmi ces nouveaux habitans une figure fi peu digne d'elle, qu'elle fait pitié. Le Mercure
qui paroît ici n'eft point le Mercure ordinaire, ce Protecteur des
beaux arts des voleurs, &c. ce
Dieu fi connu par fes foupleffes ;
c'eft un Mercure tout nouveau,
une bonne pâte de Dieu affez
difficile à définir. Le prologue
finit, comme il plaît aux Dieux,
quand ils font las de faire affaut
de mauvaifes pointes, & de plai-

B

santeries rhabillées : enfin ce seroit la chose du monde la plus ennuyeuse & la plus pitoyable, si le
premier Acte dont je vais vous
parler ne l'étoit beaucoup davantage.

Après toutes les mesures que
Jupiter a prises, vous vous attendez sans doute, Madame, à voir
dans cette Isle des hommes pa-
reils à ceux de l'âge d'or. Vous
vous attendez, dis-je, à y voir
regner cette aimable innocence,
qui dans sa simplicité peut four-
nir de si grandes beautez. C'est
mal connoître le genie de l'Auteur ; il n'est pas capable de penser si raisonnablement : vous allez voir de quels habitans cette
Isle est peuplée, d'un seul trait
de plume il va rendre inutiles
toutes les précautions de Jupiter;
ce sera en vain qu'il aura paitri
ces nouveaux hommes d'un limon plus pur que ceux du vieux

monde, & qu'il les aura plantez,
pour ainſi dire, dans un lieu inac-
ceſſible aux paſſions, puiſque
Mercure dit à la raiſon, dès la
premiere Scene du premier Acte,
que la nature en formant ces
hommes nouveaux, leur a mis
dans le cœur *le germe de toutes les*
paſſions. Quel eſt l'eſprit capable
d'une imagination ſi heureuſe &
ſi pleine de conduite ? La Raiſon
conclut que pour obvier aux mal-
heurs que ces commencemens
déreglez lui font craindre, le ſeul
remede eſt de ſeparer les hommes
des femmes. Ces deux Divinitez
un inſtant après voyant venir
Therſandre & Carite, ſe retirent
chacune de ſon côté, ſans ſçavoir
où elles vont. Les deux amans
après avoir parlé quelque-temps
de *la pluye* & du *beau temps*, com-
mencent entr'eux une Scene
d'amans ignorans mal ſoûtenuë,
& encore plus mal exprimée. Je

conviens qu'il étoit assez difficile
de produire des amans de cette
espece, avec la même délicatesse
& avec le même succès que ceux
qui paroissent depuis quelques
années sur le Theâtre Italien :
mais l'Auteur devoit connoître
ses forces, & ne pas s'embarquer
si imprudemment dans une Scene
qui demande une grande netteté
d'esprit, & une idée bien claire
de la simplicité de la nature. Cette innocence qui plaît tant quand
elle est touchée délicatement, est
ici sans agrément ; on n'y apper-
çoit aucuns de ces sentimens que
la nature fait sortir, & que l'on
voit étinceller à travers les nua-
ges de l'ignorance. Tels sont ceux
que la nature arrache au fils in-
nocent du *F. Philippe* dans l'ini-
mitable la Fontaine. Quand son
pere lui a dit que des femmes qu'il
voit sont des oyseaux appellez
Oyes, il s'écrie aussi-tôt avec transf-
port :

Oye, hélas, chante un peu que
j'entende ta voix;
Ne pourrai-je point la connoî-
tre ?
Mon pere, je vous prie, & mille
& mille fois,
Menons-en une en nôtre bois,
J'aurai soin de la faire paître.

C'est ici, Madame, que vous allez admirer l'heureuse fecondité de l'Auteur ; c'est ici que vous allez le voir briller. Euphrosine, autre amante de Thesandre, lui apporte un nid qu'elle a, dit elle, trouvé dans un buisson, Thesandre le regarde curieusement aussi bien que Carite ; mais la raison qui survient interrompt leur ridicule contemplation, elle emmene avec elle Carite & Euphrosine, à qui la jalousie arrache quelques mots qui n'ont point de graces Le pauvre Thersandre reste sur le Theâtre, il ne fait pas voir le moindre desir de vouloir suivre Carite, quand la raison la lui enleve. Il est vrai qu'il *lui reste son nid*, comme vient lui dire spirituellement Mercure. Thersandre curieux de s'instruire demande à Mercure, après un dialogue d'un ennui mortel, qui est ce qui a mis dans ce nid les petits oyseaux qu'il y voit. Le *Bon* Mercure est si embarassé de cette question, qu'il ne trouve moyen de s'en tirer, qu'à la faveur de force mauvais lazzi, & d'un *c'est la nature*. Ces trois mots terminent tout, & il n'est plus plus question du nid dans toute la piece. Je vous avoüe que la premiere fois que je vis cette Scene, j'eus meilleure opinion de l'Auteur ; je m'imaginai qu'il avoit déguisé l'amour en petit oyseau pour l'insinuer dans l'Isle. Cette invention auroit bien valu la maniere dont vous verrez qu'il l'y fit entrer, & cela auroit rendu supportable, & même divertissante une Scene qui est un hors-d'œuvre, qui ne vient à rien, & qui ne brille pas d'assez grandes beautez, pour que l'on puisse pardonner à l'Auteur de l'avoir hazardée. Alcidamas, autre habitant de l'Isle, entre sur le Theâtre armé d'une massuë ; c'est un furieux qui ne respire que le carnage : il vient dire mille injures à Mercure ; il va même jusqu'à lui dire d'un air menaçant :

Que n'êtes-vous mortel !

Après ce beau compliment, il s'en retourne *comme il étoit venu.* Mercure souffre toutes ses incartades en Dieu debonnaire ; il apprend ensuite à Thersandre l'arrivée prochaine d'Astrée, & lui ordonne d'en aller informer tous les autres habitans. Thersandre obéït, il se retire, & la jeune Finette paroît ; elle se mire dans l'eau, & Mercure l'annonce comme une personne qui doit passer de fort loin les Phrinez & les Lays. Il paroît que l'Auteur a voulu peindre en elle une coquette naissante : mais la maniere dont il la fait parler avec Mercure, la fait regarder comme une coquette aguerrie, pour ne rien dire de plus. Elle sort quand elle n'a plus rien à dire, & on ne la revoit plus. N'admirez-vous pas, Madame, l'art avec lequel tous ces personnages sont amenez les uns après les autres, & l'enchaînement necessaire de toutes ces Scenes. Astrée s'avance au son des instrumens ; elle est suivie de plusieurs habitans de l'Isle de differens sexes, qui lui rendent hommage par leurs danses & par de fort mauvaises chansons.

Carite sort *incognito* de sur le Theâtre, où elle revient un inſtant après dire à Aſtrée qu'un jeune enfant vient d'être jetté par un nauffrage fur les Côtes de l'Iſle ; elle conjure la Déeſſe de permettre qu'on le dérobe à la fureur des flots. Aſtrée y conſent fans examiner davantage ; elle fe contente de dire , *que peut - on craindre d'un enfant ?* Elle fort là-deſſus avec la fuite pour aller exercer l'hoſpitalité envers cet enfant. Ainſi finit un Acte plus dégoûtant & plus fade qu'on ne ſçauroit l'exprimer.

Vous avez déja deviné, Madame, quel eſt le jeune enfant que l'on vient d'annoncer ; tout le monde l'avoit deviné dès la premiere repreſentation. La feule Aſtrée , toute Déeſſe qu'elle eſt, & par conſequent plus claire voyante que de ſimples mortels, ne ſoupçonne rien de cette ſupercherie du *petit coquin d'amour.* C'eſt ainſi que nos Dames l'appellent. Le jeune Acteur qui fait ce personnage s'en acquitte avec une grace qui est au-dessus de tous les éloges qu'on pourroit lui donner. C'est à lui que l'Auteur est redevable du succès de sa prétenduë Comedie, qui sans l'amour, & sans une petite fille de sa suite, ne se seroit pas soûtenuë pendant trois representations, si on en peut juger par la maniere dont elle fut reçuë la premiere fois. La Raison dans la premiere Scene de l'Acte second, se plaint à Mercure que tout le monde la quitte pour suivre ce jeune enfant. Mercure lui répond avec une finesse & une gentillesse d'esprit, à peine concevable, que *c'est qu'il est beau, & qu'elle est laide.* L'arrivée de l'ennuyeuse Astrée fait la seconde Scene; la Raison sort pour chercher cet enfant, qu'elle va, dit elle, amener de force ou de gré. Astrée reste

avec Mercure, qui après un long
& fatiguant verbiage, lui dit que
quelques soins qu'il ait pris de
l'éducation de ces *nouveaux hom-*
mes, il lui a été impossible de suf-
foquer dans leurs cœurs *le germe*
des passions que la nature y a mis.
Il déclare ensuite à la Déesse qu'il
y a déja dans l'Isle des gens avi-
des de sçavoir, des furieux, des
jalouses, des coquettes, & jusqu'à des Poëtes. A ce mot, comme si le nom de Poëte étoit quelque chose de plus odieux que les
passions que Mercure vient de
nommer, Astrée s'écrie avec in-
dignation :

Des Poëtes ! Ciel quelle peste !
Autant que vous je les déteste,

Répond le pointilleux Mercure ;
mais ce n'est ni la raison ni moi qui
les avons faits. Ce trait de criti-
que vous semblera sans doute
bien placé ; pour moi je ne sçai

quel peut être le but des Poëtes
en décriant eux-mêmes la Poë-
sie, il n'y a point d'homme qui ne
soit porté par un penchant comme naturel à parler avec mena-
gement; je dis plus, à élever sa
profession. Qu'un Musicien vous
parle de musique, & un Maître
à danser de danse, quelques ignorans que soient ces Messieurs-là,
ils ne manqueront point de termes pour préconiser leur metier.
Ils vous diront effrontement,
qu'un homme ne peut être hon-
nête homme sans sçavoir danser
ou chanter, pourvû qu'ils n'ail-
lent pas jusqu'à avancer, qu'un
état ne sçauroit subsister sans leur
art Les Poëtes seuls, dans je ne
sçai quelles vûës, prennent un
parti tout opposé, je veux croire
qu'ils ont leurs idées. La Raison a-
mene de force l'amour sur la Scene, une petite casaque qui cache
ses habits fait tout son déguise-
ment.

ment. J'ai trouvé tantôt étrange
qu Aftrée ne foupçonnât rien de
cet Enfant ; c'eft bien pis ici , il
paroît devant trois Divinitez fans
en être reconnu. Aftrée & la
Raifon , après une Scene extra-
vagante , le laiffent avec Mercure ; tout le monde s'attend à
voir reconnoître l'Amour dans ce
tête à tête ; il y dit des chofes fi
clairement à Mercure, qu'il n'eft
pas vraifemblable qu'un Dieu qui
a eu de tout temps tant de rela-
tion avec l'Amour, ne le puiffe
pas découvrir : mais le Mercure
dont il s'agit eft de la façon de
l'Auteur. Ce Dieu fe retire fans
que rien l'y oblige, l'Amour va
trouver Therfandre & Carite,
qu'il fait rejoindre malgré les dé-
fenfes expreffes de Mercure &
de la Raifon. Cette Scene & celle
qui fuit font un peu plus ennuyeu-
fes que les autres. Euphrofine fur-
vient pour ne rien dire qui vaille,

C

tout cela fait des Scenes ; & qu'importe que le bon sens en soit ex-
clus, pourvû que l'on remplisse
un Acte. Astrée, la Raison &
Mercure reviennent. Toutes ces
allées & venuës ne vous font-elles
pas rire ? Ne diriez-vous pas que
ces pauvres Divinitez joüent *aux*
Barres ? Le furieux Alcidamas
paroît aussi, il menace en entrant
d'exterminer l'Enfant, qui d'un
seul regard le défarme, & le force
à lui rendre le premier hommage, qu'il dit avoir jamais rendu.
L'Amour se découvre ici, & la
Raison lasse de joüer ici un rôle
extravagant, remonte aux Cieux ;
Mercure l'y suit un instant après,
sans sçavoir pourquoi ; il est vrai
qu'il dit à Astrée, pour la conso-
ler de son départ, qu'il a un des-
sein en tête, qu'il va communi-
quer à l'Areopage celeste. Astrée
se retire, & laisse l'Amour rece-
voir en liberté les hommages des

peuples de l'Ifle, qui fe joignant aux ris & aux jeux de fa fuite, celebrent cet *aimable vainqueur* par leurs danfes & par des chanfons qui ne cedent rien en défagremens à celles du premier Intermede. Ce divertiffement forme un Acte qui ne dit rien, & qui eft rempli on ne fçauroit plus pitoyablement.

Le dernier Acte, Madame, eft ouvert par Therfandre, qui demande à l'Amour qui il eft, & l'Amour fe définit lui-même de cette maniere:

Je fuis l'Enfant du doux loifir.
Et le Pere du vrai plaifir.

Un homme de lettres m'a dit que cette définition étoit imitée d'un paffage d'Ovide. L'Auteur & fes femblables doivent connoître par-là que leurs ouvrages feroient bien moins fteriles, & que l'on n'y trouveroit pas cette

fecherefle d'imagination , s'ils
pouvoient fe refoudre à imiter
les bons Auteurs ; car tout le
monde convient que cette définition de l'Amour eft tout-à-fait
jolie ; quant à moi, je l'eftime plus
que la piece entiere. Carite vient
faire avec Therfandre, en pre-
fence de l'Amour, une derniere
Scene d'*Amans ignorans*, qui n'eft
à peu près que la même chofe
que celles des autres Actes ; mais
qui eft de beaucoup plus mau-
vaife , parce que les reffources
de l'efprit de l'Auteur font épui-
fées. Aftrée revient fur le Théâ-
tre, n'ayant rien à faire de mieux ;
comme elle y vient fans raifon,
elle ne fçait auffi ce qu'elle y dit :
mais Mercure qui defcend des
Cieux vient finir fon embarras.
Il lui déclare que la Raifon va re-
venir dans fon Ifle, que le Deftin
veut morigéner l'Amour, & que
pour le mieux brider ,

*C'eſt peu d'une maîtreſſe, on lui
donne une femme.*

Vous ne devineriez jamais,
Madame, quelle eſt l'épouſe que
le deſtin donne à l'Amour. La
Fontaine l'a autrefois marié avec
la Folie, & cet aſſemblage eſt imaginé tout-à-fait ſpirituellement :
mais l'Auteur qui veut briller par
quelque trait original, n'a garde
de penſer avec tant de jugement.
L'épouſe qu'il deſtine à l'Amour,
eſt la Raiſon ; c'eſt un effort de
genie dont perſonne que lui n'eſt
capable. Après tout, les Dieux
devoient bien faire quelque mi-
racle en ſa faveur pour l'aider à
finir ſon Acte ; qu'auroit-il fait
de l'Amour ? Que ſeroient deve-
nus Therſandre, Carite, Eu-
phroſine, Alcidamas & la pauvre
Aſtrée même ſans cet expedient ?
Il eſt vrai que la Raiſon, à qui
on doit marier l'Amour, n'eſt plus

cette *grondeuse*, *cette vieille laide*
qui a paru dans les deux premiers
Actes. Hébé la rajeunie dans la
Fontaine de Jouvence, & Venus
a été la première à répandre sur
elle mille charmes. C'est à présent
une petite coquette toute aimable, ou plûtôt c'est la Folie sous
le nom & sous les habits de la Raison. Voilà ce que l'on peut ap-
peller *du riant & du neuf*. La fu-
ture épouse descend enfin sur une
nuée, & on la laisse avec son pré-
tendu, à qui elle ne se montre
d'abord que sous un voile ; elle
ôte à l'Amour son bandeau, &
elle se découvre enfin elle-même
après une Scene un peu moins dé-
sagréable que les autres ? L'A-
mour est charmé des attraits dont
il la voit briller, & en même-
temps il se pique de voir que la
Raison, par un esprit de coquet-
terie, s'avise de faire la cruelle
après les avances qu'elle a faites.

& les douceurs qu'elle lui a dites
avant de se découvrir. Le petit
Dieu choisit un trait dans son car-
quois, dont il veut percer le cœur
de la Raison. La Déesse se couvre
de son Egide, & le trait rejaillit
dans le cœur de l'Amour. Mercure arrive, & sert de mediateur
entre *les futurs conjoints* ; & après
plusieurs *coyonneries* que chacun
d'eux débite à qui mieux mieux,
l'Amour & la Raison prennent
enfin le parti de s'époufer. Les
peuples de l'Ifle viennent les fe-
liciter fur leur hymen ; ils forment une efpece de ballet mêlé
de chanfons cyniques, & felon le
goût d'aujourd'hui. Therfandre
& Carite, pour prix de leur ga-
limatias, font unis par l'Amour,
& Euphrofine reçoit Alcidamas
des mains de la Raifon, quelque
repugnance qu'elle ait d'ailleurs
à cette union.

L'incomparable Auteur eft en-

fin dans le port, après avoir long-
temps flotté sans avoir de route
certaine. Comme il n'avoit aucun point fixe en vûë, il s'est
sauvé sur la premiere planche
que le hazard lui a presentée ; il
est vrai qu'il se tire bien mal d'af-
faire, mais qu'importe, il ne tra-
vaille pas pour la gloire ; & pourvû qu'il voye ses pieces suivies,
il n'est pas homme à s'embarrasser
si c'est aux beautez de ses ouvrages, ou à d'autres motifs étran-
gers , qu'il est redevable de ce
concours de Spectateurs. Je vou-
drois qu'il me fût possible, Madame, de vous parler des autres
défauts de la nouvelle piece, c'est-
à-dire, de la maniere de penser
de l'Auteur, & de la grace nouvelle dont il s'exprime. Il paroît
que cet Ecrivain, comme un nouveau M.r Trissotin, y a voulu mettre *de l'esprit par tout.* Je ne sçai
pas à quoi il a tenu qu'il ne l'ait

fait effectivement ; ce qu'il y a de certain, c'eſt qu'on l'y trouve ſouvent à redire, à moins qu'on ne prenne pour eſprit cés étincelles, ces feux folets, pour ainſi dire, ces aſſemblages de mots étranges, qui ne forment aucun ſens raiſonnable, & qui ſont tout au plus ſupportables ſur le Theâtre Italien, & dans les farces de la Foire, dont l'Auteur paroît fort nouri.

J'ai eu beſoin de toute ma memoire, Madame, pour vous tracer ce plan ſingulier, & vous avez eu beſoin de toute vôtre patience pour le lire. Je ſerois fort curieuſe de ſçavoir ce que vous penſez de cette *prétenduë Comedie* après cela : mais qu'en pourriez-vous penſer, qui ne ſe rapportât parfaitement au jugement qu'en a porté le public tout d'une voix, & qui ne fit connoître ce beau diſcernement que tout le

monde admire en vous, & que
j'admire plus que personne, ayant
l'honneur d'être,

MADAME,

Vôtre, &c.

www.ingramcontent.com/pod-product-compliance
Ingram Content Group UK Ltd.
Pitfield, Milton Keynes, MK11 3LW, UK
UKHW021622130726
13696UKWH00005B/2016